I0881142

# Los trenes ligeros

Quinn M. Arnold

CREATIVE EDUCATION

semillas del saber

Publicado por Creative Education
P.O. Box 227, Mankato, Minnesota 56002
Creative Education es una marca editorial
de The Creative Company
www.thecreativecompany.us

Diseño de Ellen Huber
Producción de Angela Korte y Colin O'Dea
Dirección de arte de Rita Marshall
Impreso en los Estados Unidos de América
Traducción de TRAVOD, www.travod.com

Fotografías de Alamy (Theodore Silvius, Wiskerke), Dreamstime (Fallsview), Getty Images (DuKai photographer), iStockphoto (arinahabich, BeyondImages, bjeayes, brianbalster, Davel5957, Gannet77, MarinMtk, PomInOz, versevend), Shutterstock (Tommy Alven, Leonid Andronov, anweber, Salvador Aznar, e X p o s e)

Copyright © 2020 Creative Education
Todos los derechos internacionales reservados en todos los países. Prohibida la reproducción total o parcial de este libro por cualquier método sin el permiso por escrito de la editorial.

Información del Catálogo de publicaciones de la Biblioteca del Congreso is available under PCN 2019930509.
ISBN 978-1-64026-270-6 (library binding)

9 8 7 6 5 4 3 2 1

# TABLA DE CONTENIDO

# ¡Hola, trenes ligeros!

Los trenes ligeros son trenes de pasajeros.

Estos pequeños trenes pueden ir a casi cualquier lado.

El tren ligero se desplaza sobre vías de metal. El tren tiene solo unos pocos vagones. Pero puede llevar a mucha gente.

Los trenes ligeros paran en **estaciones**.

Allí, los pasajeros suben y bajan del tren. El viaje es suave.

Los pasajeros pueden viajar sentados o parados.

MINNEAPOLIS
212A
212A
Paid Fare

El tren ligero se impulsa con electricidad. Por arriba del tren cuelgan cables con electricidad. Un **pantógrafo** se va deslizando por los cables.

El operador conduce el tren ligero.

Las luces de señalización le indican al operador cuándo parar y cuándo avanzar.

Los trenes ligeros atraviesan grandes ciudades. Pasan rápidamente por calles transitadas.

MONTE CARLO
chateau
FOR LEASE
Iconic Retail Opportunity
219 – 1,140 sqm
CBRE
Typo
Sportsgirl
Sportsgirl
17
G:link
TRANSLink

Denver
Airport
4039
RTD

# ¡Adiós, trenes ligeros!

# Dibuja un tren ligero

pantógrafo
vagones
puertas
vía

## Palabras que debes saber

**estaciones:** lugares donde los pasajeros suben y bajan del tren

**pantógrafo:** estructura de metal que transporta la electricidad desde los cables que pasan por arriba hasta el tren

**vagones:** partes de los trenes donde viajan los pasajeros o se transportan mercancías

天逸761P
092
50
LS

## Índice